DIVÓRCIATE, CATALINA
Disparate en dos actos y en prosa
original de

Manolo Llaneza y
Alfonso González R. del Valle

fronda
ediciones teatrales

© Fronda ediciones teatrales
e-mail: palominomanuel@uniovi.es

Texto: Manuel Llaneza Iglesias y
    Alfonso González R. del Valle
Todos los derechos de representación escénica
© herederos de Manuel Llaneza Iglesias y
    Alfonso González R. del Valle, 2020

ISBN: 978-0-244-56539-8

Dramaturgia Asturiana. Textos rescatados; 24

Colección coordinada y transcripción por:
Manuel Palomino Arjona

Manuel LLANEZA IGLESIAS (Gijón, 1879 - Madrid, 1958). Hijo del célebre compositor Leoncio, fue protagonista del nacimiento del teatro asturiano, por medio de sus cuadros artísticos. Activo empleado de la Sociedad Peninsular de teléfonos, entre 1933-1939 fue locutor radiofónico en Radio Emisora Gijón EAJ 34, fundada en 1933, donde creó un personaje llamado Sindín, en constante pugna con la actriz Rosario Trabanco. En 1936 se dio de baja por enfermedad, razón por la que no fue represaliado cuando la emisora fue incautada. Al no participar en la guerra, pudo ejercer posteriormente su profesión en Radio Oviedo, también llamada Radio Falange, donde hizo popular el programa *Aventuras de Cartucho y de Tobi, su fiel chucho*, habiendo escrito allí más de mil guiones. Entre 1944-1956, y requerido por Lucio del Álamo, entra en RNE (Madrid), en la sección musical del Departamento de Programas y Emisiones, donde además fue colaborador en guiones, estampas y seriales, y miembro del cuadro artístico, especializándose en papeles de personajes exóticos, hasta que una afección bronquial se lo impidiera en torno a 1954. Además, fue director de escena de la Gran Compañía Cómico-Lírica Asturiana (Gijón, 1919-1928), en torno a la que Isidro Carballido aglutina a Francisco R. Lavandera, como maestro y compositor, y cuyo repertorio estaba compuesto por obras de Pachín de Melás, Manuel Llaneza y Agustín de la Villa. Escribió unas cuarenta obras de teatro de ambiente gijonés, estrenadas principalmente por la Compañía Asturiana de Comedias, entre las que están el juguete cómico *El caseru aprovechau* (Cultura e Higiene de Gijón, 1923), *¡Qué tiempos aquellos!*, entremés dedicado a las cigarreras de Cimadevilla, el juguete cómico

El neñu (1924), *Las suegras* (Constancia de La Calzada, 1925), el juguete cómico *La melena* (Asociación de Cultura e Higiene, 1925), reestrenada con motivo de su marcha a Madrid, los diálogos *Coses de rapazos* (*ca.* 1925) y *¡Un playu!* (José Manuel Rodríguez, 1932); el sainete *El santu de la maestra o Amparo la modistilla* (Pepe García Noval, 1925), con música de su hermano Luis y reestrenada por Pepe García Noval y después por Lola Membrives, el sainete *Los matrimonios o Nati, la camarera* (1926), el pasacalle *Rodolfo Valentino* (1928); el juguete cómico *Quiero ser cupletista* (1928) y el apropósito *Rodolfo Valentino* (ca. 1928), ambos con música de Nicolás Álvarez Solar-Quintes; el monólogo *¿Borrachu yo?* (1928); el sainete *Cariño y chuletas* (Joaquín Sánchez, 1929), con música de Nicolás Álvarez Solar-Quintes, influenciada por *Las mujeres son ansí*, de A. Paso y G. del Toro; la revista *Miguelito Taramba* (1930), en colaboración con Pepe Sala y con música de Norberto Royo y Peralta; el juguete cómico *Un directo a la mandíbula* (1929), con música de Marcelino Rubiera; la comedia *La vida manda* (1930); el sainete *La familia de Cecilia* (Cía. Asturiana de José Manuel Rodríguez, 1932), con música de Eladio Verde y decorados de Carril, cantada por Antonio Medio; el juguete cómico *Miss Gijón* (1932), un cuadro que tiene por origen un concurso de belleza al que dice haberse presentado una pobre chica que termina por dar con sus huesos en la comisaría, acompañada de sus progenitores; el disparate *¡Divórciate, Catalina!* (1932), en colaboración con Alfonso González; la comedia *Cena americana* (*ca.* 1933), con un número musical de Francisco Esteban Ortega de la Granda; el juguete *¿Está bien claro?* (1934), a beneficio de Aurora Sánchez; la inocentada radiofónica *Un drama del siglo XIII* (1934); los cuentos radiofónicos *El violín mágico* (1934) y *Una escuela en 1900* (1935), los juguetes cómicos *Se alquila amueblado* y

Flamenquerías (1937); *¡La casa llétrica!* (1937); *Remanso de paz* (1938), una crítica a la Guerra Civil; *Ondas azules* (Teatro Campos Elíseos, 1939), con escenografía de Alfredo Miranda y música de Francisco Ortega; la opereta bufa en verso *La alcaldesa de Gijón* (Cía. de Zarzuela Española Eladio Cuevas, 1940), junto a Paco Ortega y con música de Francisco Ortega, reestrenada por la Compañía del Calderón en 1944; *La guaxa* (Cía. Asturiana de José Manuel Rodríguez, 1941), los cuentos líricos *Floridor y su escudero* (1942), junto a Francisco Antuña, y *El duende ciego* (1942), ambos con música de Francisco Ortega y escenografía de Adolfo Meana, representados por la Compañía Juvenil, que él mismo dirigía, y *Manín, el bobu* (1956), que es la última obra que escribió. Además, conocemos otros títulos de obras escritas entre 1925-1940 como *Enamorada*, *La Pixarra* y *¿Por qué me besaría?*, teniendo en preparación la farsa *La paz de la aldea*; la comedia *Morfina*; el sainete *¡Los playos somos así!* y la comedia *El castillo encantado*.

DIVÓRCIATE, CATALINA

Disparate en dos actos y en prosa
original de

Manolo Llaneza y
Alfonso González R. del Valle

Estrenada en el Teatro Jovellanos de Gijón
el día 17 de marzo de 1932

Gijón, enero de 1932

Dedicatoria:

A los intérpretes de esta obra
en los cuales confiamos podrán el mismo entusiasmo
que hemos puesto nosotros al escribirla.

Los Autores

CaTaLĭNA

PERSONAJES (Actores)

Catalina (Rosario Trabanco)

Juanita (Guillermina González)

Mercedes (Nieves Ordieres)

Frutos (Avelino Prieto)

Felipe (Alejandro González)

Máximo (José Gutiérrez)

Wenceslao (José Junquera)

Parroquiano 1.º (Fernando Pañeda)

Parroquiano 2.º (Octavio Menéndez)

DON WINCESTRO

ACTO PRIMERO

Habitación planta baja de una casa en la que hay instalado un puesto de periódicos. Foro balcón entresuelo con alféizar de la altura de un metro veinte. Haciendo ángulo con el balcón y lateral al público, una especie de mostrador o estantería en la cual están colocados los periódicos. Frente al balcón, una mesa llena de novelas y folletines. Foro derecha, una mesa escritorio y sobre ella, en la pared, un retrato de un torero en traje de luces. Foro izquierda, armario con libros y revistas. Sillas distribuidas convenientemente por la escena.

Escena I
Catalina y Juanita

Al levantarse el telón, Catalina y Juanita, están sentadas. Se hallan concentradas en una novela que lee la segunda.

Juanita: *(Leyendo)* "En el reloj de la iglesia de Nôtre Dame acababa de dar la una, cuando una sombra se deslizó por las calles inmediatas al Temple."

Catalina: ¿Al temple? ¡Qué coses más rares! ¿Pero, eso no ye de pintura, neña?

Juanita: Calle, madre, que esto ye muy interesante. "El firmamento, cubierto de nubes, daba a la noche una oscuridad que se avenía muy bien con los proyectos del desconocido. Éste era moreno y usaba un traje del mismo color. Sus

21

ojos despedían siniestros resplandores, y sus labios apretados indicaban que aquel hombre era presa de la mayor desesperación."

Catalina: ¡Probe! ¿Qué i pasaría?

Juanita: "Debajo de su capa ocultaba un envoltorio que, a juzgar por los débiles vagidos que de él salían, se comprendía que era un niño."

Catalina: ¡Má, qué picarón! ¡Llevar un neñu a eses hores! ¡Probín del alma!

Escena II
Dichos y un parroquiano

Parroquiano: ¿Me hace usted el favor de *La Voz*?

Juanita: *(Sin hacerle caso)* "El desconocido, sin escuchar la voz de la conciencia, proseguía su camino llevando aquel bulto."

Parroquiano: Oiga, ¿tiene *La Voz*?

Juanita: "Al llegar al muelle se detuvo unos instantes, y, llevándose la mano a la boca, lanzó un penetrante silbido."

Parroquiano: ¡Chits, chits! ¡Oiga, señora, señora!

Catalina: ¿Qué quier?

Parroquiano: Que me dé usted *La Voz*.

Catalina: ¿*La Voz*? ¿Non da usted bastantes ya? ¡Tome, tome!

Parroquiano: ¡Esto es *El Heraldo*!

Catalina: Qué más i da, tó son periódicos. Ande, ande y déjenos en paz.

Parroquiano: Está bien, señora. ¿Tien el *Buen Humor*?

Catalina: Tengo el que me da la gana. ¿Oyólo?

Juanita: *(Que habrá dado muestras de impaciencia, se levanta y dice)* Tome, tome. *El Buen Humor*, el *ABC*, el *Sol* y *Ahora*, y ahora marche y déjenos en paz.

Parroquiano: Está bien, señora. ¡Qué barbaridad, qué manera de vender! *(Mutis)*

Catalina: No nos van a dejar en paz.

Juanita: También lo digo yo. Bueno, atienda. "Del costado de un buque se destacó una barca, al compás de cuatro remos, con una ligereza parecida a la del cisne."

Catalina: Oye, neña, ¿los cisnes tienen remos o tienen ales?

Juanita: Mejor cerraba el picu. "La barca atracó en el muelle y en este momento"... *(En este momento entra Frutos, que las sorprende dedicadas a la dulce lectura. Frutos es un individuo mal encarado, fachendoso, andaluz por más señas, es el dueño del puesto de periódicos y marido de Catalina. Lleva una blusa larga de vendedor callejero, varios libros y, metidos por los bolsillos, un sin número de revistas)*

Frutos: *(Sorprendido)* ¡Mú bien, mú bonito! ¡Asín se trabaja, asín se atiende a la casa, asín les caiga a ustedes er techo ensima! ¡Horgasanas, vagas, vagonas! ¡Mentira parese!

Juanita: ¿Qué i pasa, padre?

Frutos: ¿Pero, qué os habéis creído ustedes? ¿Qué esto es la Birbidoteca del Atenedo?

23

Catalina: Home, non te pongas así, que estamos aquí distrayéndonos un poco. No empieces ya.

Frutos: ¡No empieso, ni empieso, ni ná! ¡Mardita sea! ¡Traigo conmigo una indignasión que me ajogo!

Catalina: ¿Vendiste poco?

Frutos: Ni poco ni mucho. ¡No he vendido ná! ¡Ni un má papé! ¡Pero, Señor, hay tanta incurtura y tanto arfabetiquismo! ¿Pero hay vergüensa? ¿Pero qué hase la gente que no lee? ¿Y qué hase tú ahí pará, que no te mueve?

Catalina: Estaba oyéndote platicar.

Frutos: ¡Que platicá ni platicá! ¡Hala, pa la cosina! ¡A lo tuyo, a tu obligasión femenina de la mujé!

Catalina: Iba a contéstate, pero non puedo; tengo la lengua al fuegu.

Frutos: ¡Pero mardita sea un automóvi! ¿Otra vé lengua? ¿Te piensas que soy un charlatán?

Juanita: Pero, padre, ¿non puede hablar más bajo? ¿Cómo da eses voces?

Frutos: ¿Pero no has oío que ma puesto otra ve lengua?

Catalina: ¡Pa mí que quier riñones! ¿Quies riñones?

Frutos: ¡No quiero ná! ¡Arsa pa dentro!

Catalina: ¡Paciencia, señor, pacencia! ¡Si non fuera por esta fía! *(Mutis primero derecha)*

Escena III
Juanita y Frutos

Juanita: ¡Jesús, qué hombre, qué geniu! ¡Bah, bah!

Frutos: ¿Oye, niña? ¡No me murmures en silensio, que tengo er sentío del oído mú afinao! Y vamo a ve lo que se ha vendío. ¿Periódicos?

Juanita: Dos *Abeces*, un *Sol*, dos *Libertades* y cinco *Voces*.

Frutos: ¿Sinco *Voces*? ¡Un escándalo! ¿No había aquí sinco *Libertades*?

Juanita: Sí, pero una cogióla mi madre y encendió el fuegu con ella.

Frutos: ¿Y por qué se ha tomao la libertá? Haberla dao una piña.

Juanita: ¡Padre!

Frutos: ¿Qué pasa, hija? Me parese que no he dicho ná que puea ofendé er físico de tu mare. Una piña de esas de ensendé la candela. ¿Se vendió arguna novela?

Juanita: Cinco.

Frutos: Vamo a vé.

Juanita: *Los miserables.*

Frutos: De Hugo. Una.

Juanita: *Nuestra señora de París.*

Frutos: *Nôtre Dame de París.* De Hugo, también. Dos.

Juanita: *María o la hija de un albañil.*

Frutos: *De un jornalero.* Tré.

Juanita: Una de Peti Gris.

Frutos: ¡De Pettigrilli! Cuatro.

Juanita: *Los cinco Mosqueteros.*

Frutos: ¡Tré!

Juanita: No, padre, van cinco.

Frutos: Son tré.

Juanita: No, padre, cinco.

Frutos: ¡Son sinco, pero son tré! Yo me entiendo.

Juanita: Usté sí, pero yo no.

Frutos: Totá, que la venta ha sido como pa comprá un miriplano. Vamos apuntá er negosio de hoy. *(Reparando en una caja que hay encima de la mesa)* ¿Y esto, que é? ¿Quién te ha dao esto? ¿Otro orsequio der niño? ¿Otro regalito der permaso der hijo der jabonero?

Juanita: ¡Pero, padre, si mandómelu...!

Frutos: ¡Qué mandómelu ni mandómelu! ¿No te tengo dicho sien veces, que no te quiero vé de palique con ese niño clorótico y anémico?

Juanita: Oiga, Felipe no ye anémicu, está tan buenu como usté.

Frutos: ¿Bueno? ¡Bueno! Pero ¿qué sa creío ese boquerón de Málaga, que, porque su padre tenga er dinero metío en una fábrica de jabón, se puede presumí? Si él lo tié en jabón, yo lo tengo en papé y, limpiesa por limpiesa, me queo con la mía.

Juanita: A usté no hay quien lu entienda; habla de limpieza y non puede ver el jabón.

Frutos: Claro, lo tie tu madre guardao. Pero escucha lo que te vi a desí...

Juanita: Déjeme en paz, ande; que no tengo gana de oílu reñir. Usté será andaluz, pero algunes veces parez aragonés. Qué neciu ye. *(Mutis primero derecha)*

Escena IV
Frutos; luego Wenceslao

Frutos: ¡Y tú, qué tonta, niña! Ere má presumía que un maniquí. ¡Por vía de la crú! ¿Quién má habrá mandao contraé matrimonio con una mujé que no parese una mujé? Parese er carro de la basura ar medio día. *(En la ventana aparece Wenceslao)*

Wenceslao: *(Por la ventana)* Amigo Frutos.

Frutos: Caray, Don Wense. Entre usté pa acá.

Wenceslao: ¿Por aquí o por allá?

Frutos: Por el otro lao, Don Wenseslao.

Wenceslao: Pues allá voy. *(Desaparece de la ventana y entra por la derecha)* Ya estoy aquí.

Frutos: Pase usté, pase usté.

Wenceslao: Amigo Frutos, ¿qué es de su vida?

Frutos: Siempre trabajando, amigo Wense. ¿Y qué se trae por aquí?

Wenceslao: ¿Me ha buscado usted el libro que le encargué?

Frutos: ¿Cuá? *¿La cría de la sardina por medio de la incubaora?* Me parese que la tengo aquí. *(Revolviendo un montón de libros)* Vamo a ve. Sardina, sardina, jografia... *La ley del hampa...*

Wenceslao: ¡Hombre! ¿Tiene usted ahí *La ley del hampa?* Me gusta ese libro, es bonito... bonito.

Frutos: Sardina... sardina. Aquí está.

Wenceslao: Muy bien, muchas gracias. ¿Cuánto le debo?

Frutos: Por se pa un amigo, tré sincuenta.

27

Wenceslao: ¿Y si no fuera amigo?

Frutos: ¡Catorse reales!

Wenceslao: ¿Nada menos? Digo, ¿nada más?

Frutos: Aquí, ar pié der tomo, pone sinco pesetas.

Wenceslao: ¿Al pie? Y se toma usted la mano… *(Dándole el dinero)*

Frutos: *(Cogiendo el dinero)* La mano y er dinero.

Wenceslao: Es carito… carito.

Frutos: Pero ascuche usté, don Wenses, ¿no le da reparo regateá de ese mó, má teniendo er dinero que tiene su mersé? ¡Lo menos do mir duro!

Wenceslao: Conque el dinero, ¿eh? No tanto, no tanto. Un pequeño pasar nada más. Ya ve usted, a mis años tengo todavía que trabajar en mis asuntos del juzgado.

Frutos: ¿Y eso pa qué? ¿No tiene ya de sobra con lo suyo? ¿No tiene usté felisidá?

Wenceslao: ¡Ay, amigo Frutos! ¿La felicidad? Esa no es para mí. ¿Y de qué sirve el dinero si no hay felicidad?

Frutos: ¿Y de qué sirve la felisidá si no hay parné?

Wenceslao: ¡Hombre, de mucho! En esta casa hay un ejemplo. Muchas veces, viendo a personas como ustedes, satisfechas de la vida, y con una mujer que es un ángel…

Frutos: ¿Un ánge? ¿Un ánge mi mujer? ¡Eso que va se un ánge! ¡Eso es Mestifósteles!

Wenceslao: ¡Hombre, rebaje usted algo!

Frutos: No pue sé. ¡Presio fijo!

Wenceslao: ¿También catorce reales?

Frutos: No, señó, esa se la doy de barde. ¡Pero, mardita sea un ferrocarril! ¿Un ánge? ¿Un ánge esa mujé, que hablando paese inglesa? Yes pa aquí, yes pa allá. Yes bobu, yes no sé qué... ¡Mardita sea una bicicleta! ¡Si esa muje no habla, ladra!

Wenceslao: ¡Caramba! ¿Y por qué se casó usted con ella?

Frutos: Por equivocasión. ¡Ay, don Wenses! Mi casamiento no ha sido casamiento, ha sido un drama de Rambá. La conosí en Sevilla, er día sinco de marzo de mil nueve cientos dose. ¡No se me orvía la fecha! Acababa ella de llegá con una familia, que la había llevao de cosinera. Aquella misma mañana me la encontré en la Campana.

Wenceslao: Y le hizo a usted tilín.

Frutos: ¿Tilín? ¡Me hiso tolón! Y, por su mare, no se pitorree, que esto é una cosa mu seria. Como iba disiendo, me la encontré en er paseo de la Campana. Aquer día, y en aquer momento, tenía yo en er cuerpo siete u ocho chatos de mansanilla. ¡Lo que hase er vino, don Wense! Aquella mujé se me figuro tarmente una hurí der paraíso terrená. Me fui pa ella y, recogiéndome er sombrero ancho en la nuca, la dije: "¡Olé las mujeres con mucha hechura y con delantera de paraíso!"

Wenceslao: ¡Caramba!

Frutos: Bueno, fue desirla eso, y caerme der paraíso tó fue uno.

Wenceslao: ¿A butaca?

Frutos: ¡A la Vicaría, Don Wences! Dos meses depué, Frutos Sargado y Sarmiento, naturá de Sevilla, cofrade de la Macarena, y más aficionado a los toros que er taquillero de la plasa, estaba casao, conyugao y amarrao con Catalina Pére y Pére, natural de Pola de Siero, devota de la Virgen de Covadonga, y con menos inteligensia que un jirguero colorao. ¡Y este cuento se ha acabao!

Wenceslao: ¡Pero hombre eso ha sido un escopetazo!

Frutos: ¡Una metrallaora! [1]

Wenceslao: Vaya, hombre. Paciencia.

Frutos: No… si no me pesa. Si to eso lo hise porque tengo un corasón que me llega ar techo. Pero

---

[1] Falta una página, desechada por la compañía, en la que se insinúa que Catalina, ya tenía una hija:

> **Frutos:** ¡Una metrallaora! Porque, agárrese que hay curva, aquella mujé, aquel ánge, como usté dise, aquella Santa Catalina, ya había conjugao er verbo amar con una velosidá der pájaro amarillo.
>
> **Wenceslao:** Canario.
>
> **Frutos:** [texto perdido] grueso de un duro me dijo: "Por er cariño que te tengo, aunque esta creatura no sea tuya, recoge este… este fruto, Frutos."
>
> **Wenceslao:** Vaya, hombre. Paciencia. Pues, amigo. Yo deploro en el alma esa situación en que usted se ha colocado, pero, me parece que ha hecho usted una buena acción.

lo que me encocora y me quita er sueño siempre, ha sido la farta de cordura de mi mujé.

Wenceslao: Eso es lo de menos; mientras sea una esposa fiel y honrada… *(Misteriosamente)* Por si acaso, ándese usted con cuidado…

Frutos: ¿Y por qué me dise a mí eso?

Wenceslao: *(Bajando la voz)* Porque hay un hombre, cuya osadía tiene suspendida, sobre la cabeza de usted, la espada de Damócles, de la deshonra y de la indignidad.

Frutos: ¡Aclare, por su mare! ¿Qué me quié usté desi?

Wenceslao: Que la traición y el deshonor rondan su casa, amigo Frutos. Qué sigiloso, como un piel roja, y cauto, como un tigre, un hombre quiere penetrar en esta casa para poner en ella el sello del adulterio.

Frutos: ¡Mi abuela, la de Córdoba! ¿Qué me dise usté?

Wenceslao: Sí, amigo Frutos, sí. Quiere poner el sello para repartir entre ustedes la discordia.

Frutos: ¡Don Wesceslao, me deja usté alelao! ¿Quién é ese tío?

Wenceslao: Ese seductor, ese vil ladrón de honras ajenas; al que no le importa la honestidad, sea de quien sea, es, Máximo Perea.

Frutos: ¿Er jabonero? ¿Er padre der novio de Juanita? ¿Er cateto más cateto der grobo terráqueo?

Wenceslao: Sí, señor. El marido de Mercedes, la prima de su mujer.

Frutos: ¡No me toque usté la prima, Don Wenses! Esa señora é sien veses más bruta que su marío. ¡Él é un cateto; pero ella é la hipotenusa! Y oiga usté, ¿cómo ha sabío tó esto?

Wenceslao: Pues, verá usted. El otro día, al entrar a buscarle a usted aquí, observé que ese individuo se hallaba en la acera de enfrente, mirando insistentemente hacia esa puerta. Al pronto no le di importancia, pero más tarde, al salir, vi con mis propios ojos como el susodicho jabonero salía por pies a esconderse en la esquina, para que yo no le viera. Hace dos días volví a encontrarle en el mismo sitio y a la misma hora. Como usted comprenderá, esto me dio mala espina. Seguíle, observéle, espiéle y víle entrar en una confitería, donde encargaba una hermosa caja de sabrosos bombones.

Frutos: ¡Mi tío, er de Jaén! ¡Una cajita paresia me la encontré antiyé en esa mesa!

Wenceslao: (Como que la he puesto yo.) *(Alto)* ¿Sí? ¡Carape! ¿Llena?

Frutos: No, señó, ar rape. ¡Amigo Wenses, me pone usté er pelo enderesao!.

Wenceslao: Siéntolo y deplórolo, pero creo que es mi deber de amigo advertir a usted que, como marido casado canónica y civilmente, está usted dentro del precepto jurídico que dice: "Quod ad cohabitationen et thorum."

Frutos: ¿Torun? ¡No me miente usté er torun que me da arferesia!

Escena V

Dichos y Juanita

Juanita: *(Saliendo)* Oiga, padre. Buenes, don Wences.

Wenceslao: Hola, chica.

Juanita: Non me acordé de decilo antes, pero tien que ir a casa de don Miguel, que quier vender un *Quijote.*

Frutos: ¿Qué don Migué?

Juanita: Don Miguel, esi señor que ye mancu.

Frutos: ¿Don Migué er manco? ¡Cómo no sea Servantes!

Juanita: No, padre. Esi que vive en la calle San Antonio.

Frutos: ¡Ah! Don Migué, er peluquero. Me vi a llega en un sarto. *(Aparte a Wenceslao)* Oiga usté, don Weses, quéese usted aquí vigilando por si asoma er jabonero. ¡Er día que le sorprenda, le vi a dá una patá que le va a salí er jabón por un bolsillo!

Wenceslao: Vaya usted descuidado.

Frutos: Bueno, niña… Mucho ojo con la venta, ¿eh? Y mucho ojo con el… *(Hace ademán de lavar una pieza de ropa)* ¿Eh? ya… me entiende.

Juanita: De sobra. Ande, ande, que va a llegar tarde.

Wenceslao: *(A Frutos)* ¿Con quién ha dicho que tuviera ojo?

Frutos: Con er hijo der jabonero. *(Acción de poner los cuernos. Iniciando)* ¡Hum, cómo le atrape! *(Mutis)*

33

Escena VI
Wenceslao y Juanita

Juanita: ¿Usté vio alguna vez cosa igual? ¡Qué hombre, paez que está llocu! ¡A mí tienme medio asustá!

Wenceslao: ¿Por qué?

Juanita: Porque no sabe más que dar voces. Si toos los andaluces son así, aquella tierra debe ser un lío. ¿Pero, quién i mandaría a mi madre casase con esti hombre?

Wenceslao: Vete tú a saber: "Mistere amorem Cupides amantis tuo"

Juanita: ¡Amén!

Wenceslao: ¿Y dónde está tu madre?

Juanita: Ahí en la cocina. En cuanto esi hombre entra en casa, ya la tien a la probe metida en el último rincón de la casa.

Wenceslao: Bueno, muyer, bueno. Anda, llámala; que quiero hablar con ella.

Juanita: En seguida, don Wences. Oiga una cosa… mientres voy a buscar a mi madre, ¿quier haceme un favor?

Wenceslao: Tú dirás.

Juanita: Estar al cuidao, por si pasa por ahí enfrente Felipe.

Wenceslao: ¿Felipe? ¿Qué Felipe?

Juanita: El fíu de don Máximo.

Wenceslao: ¿De Máximo Perea?

Juanita: Sí, señor.

Wenceslao: Pues ándate con cuidado, porque como tu padre os sorprenda... Por cierto, que me ha dicho   antes no sé qué de una caja de bombones.

Juanita: ¿Una caja de bombones? Sería la del otru día. Pero esa no me la regaló Felipe.

Wenceslao: ¿No?

Juanita: No señor, fue una cosa muy rara. El otru día, al levantame y salir aquí a hacer la limpieza, encontré esa caja encima de esta mesa con un papelín escritu a máquina que decía...

Wenceslao: "Para mi adorado tormento."

Juanita: ¿Cómo lo sabe usté?

Wenceslao: Pues... porque me lo ha dicho tu padre.

Juanita: Preguntei a Felipe que si me la había mandao él, y díjome que no.

Wenceslao: ¿No? ¿Estás segura?

Juanita: Y tan segura. Esi no me regala más que cajes de jabón. ¡Cómo no i cuesten ná!

Wenceslao: Bien, bien. Anda avisa a tu madre.

Juanita: Ahora mismo. Ya sabe, ¿eh? Si ve a ési, avíseme.

Wenceslao: Descuida, que a mí no se me escapa nada. *(Mutis de Juanita primero derecha)*

Escena VII
Wenceslao, luego Catalina

Wenceslao: Bien, bien. La cosa marcha con una velocidad completamente renaultesca. El truquito de los bombones me ha salido superior. Ahora a poner la mecha en esta casa; la pólvora ya la he puesto en la del jabonero. Si la cosa sigue como hasta ahora, los meto en un lío, los hago que recurran al juzgado, y por consecuencia vendrán las demandas, los pliegos y más pliegos, los trabajos extraordinarios, etc., etc. y como es casi seguro que me nombrarán árbitro de la cuestión, por mi práctica en las cosas de la curia, y como el jabonero tiene dinero en abundancia, ¡pues me hincho, pues me hincho y me hincho! Pero, ¿qué se necesita para armar en una casa un belén de los de no te menees? Pues sembrar la discordia entre sus habitantes, tocándoles sus resortes más sensibles: la ambición, los celos, el egoísmo, etc. etc. Ya veremos, ya veremos. Por de pronto, ese imbécil de Frutos se ha tragado el anzuelo y los otros creo que han digerido lo suyo. *(Sale Catalina)*

Catalina: ¡Madre, don Wences! ¿Cómo i va?

Wenceslao: Muy bien, Catalina, muy bien. Y tú, ¿cómo va ese valor?

Catalina: Déjeme en paz. ¡Estoy más aburrida! ¡Con esti hombre no llevo vida!

Wenceslao: ¡Vaya por Dios, mujer, vaya por Dios! ¿Tan malo es?

Catalina: No, si no ye malu. Tien esi carácter que paez un escurpión, pero después ponse más blandu que un merengue. ¡Ye el pronto! Lo que me pasa a mí, ye que non sé dai con el gusto y tó me lo aventa, y tó i paez mal; y échame en cara el mó de hablar, de reír y de moveme. Eso non ye un hombre. ¡Eso ye el roncón de la gaita!

Wenceslao: Y, ¿a qué se debe ese mal carácter? ¿No adivinas?

Catalina: ¡Ni por piensu! Porque él, malu del estómago non está. Vieyu tampoco. Comer, come por cuatro… reñir, riñe por diez.

Wenceslao: Permítame que le haga una pregunta, hija, sólo por el gran interés que me guía hacia ustedes. ¿Ha notado alguna vez en su marido afición a otras mujeres?

Catalina: ¿Que qué?… ¡Non lo quiera Dios! Era lo único que no i perdonaba. Pa mí puede tener mal geniu, puede hasta tratame mal, pero engañame con otra, ¡eso sí que no i lo consiento! ¡Riñón, bueno, pero adúlteru, nunca!

Wenceslao: Pues, querida Catalina, yo, en mi deber de amigo que la aprecia de veras, no tengo más remedio que darle una mala noticia.

Catalina: ¿Una mala noticia?

Wenceslao: Sí, pero la ruego me guarde el secreto. ¿Me lo promete?

Catalina: ¡Ay, según lo que sea! A lo mejor ye algo que non se puede guardar.

Wenceslao: Todo se puede guardar en este mundo. Ya lo dijo Virgilio: "Llingua sepultem seguro mea"

Catalina: ¿Seguro qué?… ¡Mira que listu era Vergilio! ¿Y eso qué quier decir?

Wenceslao: Que, guardándose la lengua en una sepultura, está uno más seguro. Por lo tanto, ya no le digo nada.

Catalina: No... si ye que se va a enfadar puede ir descuidau, que non diré nada.

Wenceslao: Bueno, pues allá va. *(Con misterio)* ¿Usted tiene mucha confianza en su prima Mercedes?

Catalina: ¿La muyer de Máximo? ¡Sí, home, sí! Non voy tener. Críamonos juntos.

Wenceslao: ¿Pero confianza plena?

Catalina: ¡Ay, non lu entiendo! ¿Qué ye eso de plena? ¿Algo malo? ¿Por qué me lo diz?

Wenceslao: Porque me parece que Mercedes y su marido... ¿Eh? Ya me entiende.

Catalina: ¿Cómo diz? ¿Qué el mi hombre y la mi prima?... ¿Qué la mi prima y el mi hombre?... ¡Ay, don Wenceslao; ay, por lo que más quiera, dígame que no ye verdá! Dígame que eso no puede ser, porque me vuelvo lloca. ¿Que el mi hombre? ¡Ay, ay! ¿Que la mi prima? ¡Ay, ay!

Wenceslao: Cálmese, señora, cálmese.

Catalina: Pero, ¿cómo me voy a calmar? ¿Usted cree que ye pa calmase? ¡Esto ye una purga! ¡Ay, Madre del Amor Hermoso!

Wenceslao: Sí señora, es un gran disgusto; pero la ruego que no diga a nadie que yo la he puesto en antecedentes, ni que se lo he contado.

Catalina: Descuide, descuide, no diré nada. ¡Ay, qué par de canallas! Si los tuviera ahora mismo delante, cogíalu a él así y deciai: *(Coge a don Wenceslao por las solapas, y dándole fuertes empujones)*

"¡Yes un canalla, mal hombre, mal libreru, mal andaluz!..."

Wenceslao: ¡Señora, que me estropea usted la ropa!

Catalina: Ay, dispense; pero non sé lo que me hago. Y oiga una cosa, ¿usted cómo lo sabe?

Wenceslao: Pues, muy sencillo... Es muy sencillo... sencillísimo... (Que la diría yo.) Pues verá usted. *(Pausa)* Todos los días tengo la costumbre de tomarme en una confitería mi vasito de leche, según prescripción facultativa, pues este maldito estómago no me permite ninguna clase de excesos culinarios.

Catalina: ¿Y eso qué ye?

Wenceslao: Que no ando bien del estómago. Como la digo, anteayer me dirigí a tomar mi acostumbrado vasito a la susodicha confitería y, al entrar en dicho establecimiento...

Catalina: ¡Ay, don Wences, acabe con tantu dicho y redicho, que me pon nerviosa!

Wenceslao: Paciencia, mujer, paciencia. Al entrar, halléme de manos a boca con su prima Mercedes, que adquiría en el mostrador una hermosa caja de bombones.

Catalina: Siempre fue muy golosa.

Wenceslao: No señora, está usted errada. Según he llegado a saber no hace aún unos minutos, esa caja estaba destinada a una persona no muy ajena a esta sacrosanta casa.

Catalina: ¡Que me coman si lu entiendo! ¿Qué tienen qué ver esos carambelos con esta casa?

Wenceslao: Pues muy sencillo, señora. ¿No ha notado usted la extraña coincidencia de que en esta casa hubiera surgido, como por arte de birlibirloque, una caja de bombones?

Catalina: ¡Cá vez lu entiendo menos! ¿Qué quier decir eso de birloque?

Wenceslao: Vamos, mujer, a ver si nos entendemos. Su prima ha comprado el otro día esa caja, y ustedes se encontraron al día siguiente, sin saber quién la había traído, una cajita idéntica a la de los susodichos dulces. ¿No es así?

Catalina: ¡Arreniego del pecau, mal año pa él! Ahora lu entiendo. Por lo visto, esa caja mandóila mi prima al mi hombre y, procurando que no me enterase yo, que soy la muyer del mi hombre, y prima de la mi prima, y siendo prima de la mi prima…

Wenceslao: Suprima las explicaciones. Lo entiendo perfectamente.

Catalina: Ay, don Wences del alma, que disgustu más grande. Esto, dábamelo el corazón, porque muches veces téngome fijao que la mi prima, la jabonera, miraba a mi hombre de una manera ná limpia.

Wenceslao: ¡Caramba, caramba! Por lo que se ve su marido es un bígamo.

Catalina: ¿Qué ye eso de bígaru? ¿Algo malo?

Wenceslao: No, mujer, no. El que tiene o quiere a dos mujeres, se llama bígamo. El que tiene tres o más, polígamo…

Catalina: Y el que tien ocho, octógano. ¡Pues esto va a traer cola! Por lo que se ve, el mi hombre ye bígaru, y güeleme a mí a mariscu. Si ya lo decía mi madre, que en paz descanse: "Va a date muchos disgustos, pero antes de tener que aguantalu, ¡divórciate, Catalina!"

Wenceslao: ¿Y no ha sospechado nunca de esas relaciones?

Catalina: ¡Cómo iba a sospechar, don Wences! Desde haz lo menos dos años que non volvimos a tratanos con confianza, porque Frutos y Máximo tuvieron una agarrá terrible, de tal manera que el mi hombre hasta i prohibió a la mi fía que hablara con el fíu de Mercedes. *(Dando un grito terrible, que asusta a don Wences)* ¡Ay, lo que estoy pensando! ¡Ay, don Wences del alma!

Wenceslao: ¡Señora, por Dios! ¿Qué le pasa?

Catalina: ¡Una cosa que me pon los pelos de punta! ¿Y si el no consentir Frutos les relaciones de la mi fía con Felipe ye por otra cosa?

Wenceslao: ¿Por qué iba a ser?

Catalina: Porque esi fíu a lo mejor non ye de Máximo, y al non ser de Máximo, puede resultar que los que son primos no sean primos y, al non ser primos… son… Y el padre que no ye padre, puede ser padre, sin que los fíos sean de la misma madre.

Wenceslao: ¡Ay, su madre!

Catalina: ¡Ay, por Dios, venga conmigo! Vamos a decir a la neña que acabe con esi rapaz hoy mismo, non vayan, sin querer, a cometer un pecao mortal.

Wenceslao: ¡Pero, mujer! ¿Sería usted capaz de contarle semejante cosa a su hija?

Catalina: ¡Ay, ye verdá! Non sé lo que hago ni lo que digo, don Wences. Invente algo, don Wences, invente algo pa que lu deje sin saber el motivu verdaderu.

Wenceslao: Vamos allá, pero va a ser un poco difícil.

Catalina: Ande, que usté, que ye tan listu, arréglalo en seguida *(Iniciando mutis)* Ande, a ver si la convence, don Wences.

Wenceslao: *(Marcha tras de ella)* ¡Esto marcha, esto marcha! ¡A ver quién me compra un lío! *(Mutis primero derecha)*

Escena VIII
Máximo

Queda la escena sola unos momentos. Al poco rato aparece en la ventana del foro Máximo, el jabonero. Es un hombre a quien se le conoce enseguida que es más bruto que un cerrojo. En una palabra, es el tipo del nuevo rico adinerado y con menos fósforo que una cerilla. Viene vestido ridículamente. Se asoma a la ventana y dice...

Máximo: ¡Ah de la casa, ah de la casa! Nadie contesta. No asoma ni el rau del gatu, suponiendo que tengan gatu. Voy a entrar por el otru lao. *(Hace mutis y aparece por el lateral izquierdo)* Nadie, nadie, nadie me puede discutir a mí que en esti mundo el que ye fatu non tien remediu. Yo, que toa la vida fui un infeliz, yo, que siempre de los hombres me reí, por velos afanaos andar detrás de les muyeres, yo, que me casé con la mía pa tener una sola y non preocúpame de les demás, estoy ahora, por culpa de esa muyer, en un estao febril, que tengo calentura hasta en les botes. ¡Haceme eso a mí! A mí, que siempre fui un hombre de concencia, un hombre de corazón. A mí, dueñu de la fábrica de jabón *La Espuma de Afrodita*, que cada día prospera y sube más y más. A mí, que la saqué como se diz vulgarmente del fango, y del... y del... ¿cómo se diz? ¡Ah, sí!... del mísero ambiente en que vivía en la imediata aldea de Vahido (vulgo Mareo). Engañáme a mí, a mí que me sacrifiqué por ella y hasta inventé un jabón con el nombre de ella, partíu por la mitá: *Jabón Mer*. *Jabón Mer*, que se anuncia en toes les valles pantalles y calles con estos versos que fice yo ná más que por ella: "Paso ríos, paso puentes, siempre te alcuentro lavando; la negrura de tu cara con jabón *Mer* vas quitando." *(Acércase al lateral derecha, primer término)* ¡Contra! Ahí dentro parez que habla un hombre. ¿Estará Frutos en casa? ¿Habráse equivocao el rapaz que mandé de espía o polizonte? Porque yo, con quien quiero hablar ye con Catalina, pa enterame bien del asuntu y

43

non obrar así a la ligereza. ¡Contra! ¿Ónde me metería? Porque yo necesito convenceme de tó lo que me dijo Wenceslao. ¡Entraré por esti lao!
(Mutis por el segundo derecha)

Escena IX
Catalina, Juanita y Wenceslao

Juanita: Calle, madre, usted como ye tan escamona.

Wenceslao: Tiene razón la chica: "Paciencia nostra mortus enemicus frutus".

Catalina: Non me hable de Frutos, ¿eh?, porque me da una polmonía.

Juanita: De toes maneres yo voy a salir al encuentro de Felipe, que ya debe de estar al llegar y, veremos lo que resulta de tó esto.

Wenceslao: Mucho cuidado, chica, mucho cuidado. Esa es una cosa muy seria, y hay que saber explicarse. Por si acaso, yo te acompaño. (A ésta no la dejo sola.)

Juanita: Non hay que tener cuidao ninguno. Usted diz que i dijeron que andaba con otra rapaza, y que hacía dos años que estaba en relaciones con ella. ¿Non ye así?

Wenceslao: ¡Ché, ché, ché! No precipites los acontecimientos como tu madre. No te digo que me lo hayan asegurado. Un chico y yo hablamos de ese chico, y me dijo esas cosas a título de informaciones.

Juanita: Pues, como sean verdá eses informaciones…

Wenceslao: ¿Qué?

Juanita: ¡Póngolu blanco y negro! Ande, vamos.

Wenceslao: Yo… la verdad, no quisiera meterme en ese debate, porque soy imparcial.

Juanita: Usted venga conmigo, que por eso no va a perder la libertá.

Wenceslao: (Te veo, te veo venir, pero yo soy más listo que tú.) ¿Vamos?

Juanita: Vamos. Hasta luego, madre. *(Mutis por la izquierda)*

Catalina: Hasta luego, fía… Don Wences.

Wenceslao: Mande.

Catalina: Mucho ojo, ¿eh? A ver cómo lo arregla.

Wenceslao: Verá usted que faena. ¡Ni Ortega! (¡Me hincho, me hincho y me hincho!) *(Mutis por la izquierda)*

Escena X
Catalina, luego Máximo

Catalina: Esti don Wences ye un santu. Como se molesta por to lo nuestro. Ye un santu, lo que se diz un santu con peana y tó. A mí dióme el gran disgustu, pero reconozco que non tenía más remediu que damelu. Del que me da mucha lástima ye del probe Máximo. ¡Mira que cuando se entere! Cuando sepa que, por culpa de la

45

muyer, tien que andar sin sombreru porque no i cabe… ¿Ónde estará el probe?

Máximo: *(Asomando la cabeza)* ¡Aquí me tienes, Catalina!

Catalina: ¡Eh! ¡Ay, ay, qué sustu me diste! ¿De dónde sales?

Máximo: *(Saliendo)* ¡Del encierru!

Catalina: ¿Y qué hacíes ahí metiu?

Máximo: Estaba rumiando lo triste que ye la vida, estaba pensando en la ingratitud de algunes mujeres, y en la lujuria que lleva al desenfrenu a una madre de familia.

Catalina: ¿Entonces, ya lo sabes?

Máximo: ¡Todo, Cata, todo!

Catalina: (¡Probe, qué lástima me da!)

Máximo: (¡Qué tranquila está la infeliz!)

Catalina: ¿Y qué pienses hacer?

Máximo: Non lo sé. Mis manes limpies de sangre, tienen ahora ganes de dase un bañu en les venes de la traidora. Mi corazón, antes llenu de ternura, está ahora repletu de bilis y con un letreru que diz: "Desahucio."

Catalina: ¡Por Dios, Máximo, non vayas a hacer una barbaridad! ¡Fíjate que ye el mi hombre!

Máximo: ¿Y ella quién ye? ¿Grieta Garbu? Ella ye la que me llevó al altar, vestidu de levita, pa presumir con les amigues. Ella la que me dio esi fíu que ya me está escamando.

Catalina: ¡Sigue el mariscu!

Máximo: Ella, la que me convenció pa que pusiera la fábrica de jabón que, según me dijo, era un

46

negociu muy limpiu. Ella, la que llevaba les cuentes de casa.

Catalina: ¿Qué me cuentes?

Máximo: ¡Lo que oyes! Ella, la que era tó pa mí, hasta que esta mañana don Wences me dio la puntilla. ¡Ay, Catalina!, cá vez que me acuerdo de la traidora, pónseme una cosa aquí que me sube y que me baja, y no me deja respirar.

Catalina: ¿Que te sube o que te baja?

Máximo: ¡Sube, sube, Catalina!

Catalina: Eso ye el estéricu. Sí, yo también estoy como atontá. ¡Ay, Señor, esto va a acabar conmigo! Como no pueda desahogar, llévame pa Ciares.

Escena XI
Dichos y un parroquiano

Parroquiano: *(En la ventana)* Deme *La Tierra*.

Catalina: ¿Eh?

Parroquiano: ¿Tiene *La Tierra*?

Catalina: ¡Ah, sí señor! Tome. *(Al acercarse a la ventana ve algo en la calle y dice)* ¡Ay, Máximo!

Máximo: ¿Qué pasa?

Catalina: ¡Ay, Máximo del alma, quién vien ahí!

Máximo: ¡Por lo que más quieras, Catalina, no me asustes! ¿Quién vien?

Catalina: ¡Frutos y Mercedes!

Máximo: ¡Resosa! ¿Los adúlteros?

Catalina: ¡Los mismos! Ven conmigo.

Máximo: ¿Ónde me lleves?

Catalina: Ven, vamos a escóndenos pa sorprendelos.

Máximo: Tienes razón. Así cogerémoslos con les manes en la fariña y en flamante delitu. *(Mutis por el segundo término derecha)*

Escena XII
Frutos y Mercedes

Después de una breve pausa, vienen Frutos y Mercedes. Mercedes es una mujer relativamente joven; más joven que Catalina. Viene de mantilla y muy peripuesta.

Frutos: *(Por la izquierda, acompañado de Mercedes)* Ven acá, entra, que te voy a convecé de la verdá de tó.

Mercedes: Pero, Frutos, si yo creótelo todo. Si nunca dudé de ti. Ye que estoy muy nerviosa; no valgo pa estes coses.

Frutos: ¿Y te crees que yo soy Pepe er Tranquilo? Dende que me lo dijo don Wenses, siento un picó en tó er cuerpo que paese una banderilla. ¡Mi agüela! ¿He dicho una banderilla? No, no, banderilla no, que é una palabreja taurina, y no está la cosa como pa toreá.

Mercedes: Yo no puedo créelo.

Frutos: Ni yo, Mersedes, ni yo. ¡Pero mardita sea un tranvía! ¿Por dónde andará la gente? Er negocio abandonao y mi muje por ahí dentro, como si lo viera. *(Mutis primer término derecha)*

48

Mercedes: ¡Ay, Dios mío, qué disgusto más grande! Ya perdí la confianza en esi hombre. *(Máximo asoma la cabeza por el lateral)*

Máximo: Mira qué cara de hipócrita tien la adúltera. Y que tranquila está, qué tranquila está, como si yo non fuera nadie… *(Mutis)*

Frutos: *(Saliendo)* Nadie, nadie; ni Catalina ni Juanita, ni ná, ni nadie. Pero, ¿ónde se habrán metío?

Mercedes: Pero, oye, Frutos, ¿a qué me traes aquí? Por qué yo todavía no entendí pa qué me fuiste a buscar a casa.

Frutos: Porque quiero probá que lo que te dije antes é sierto. Porque quiero que cá uno de nosotros se una ar sé que la Providensia le haya destinao, y porque quiero que tós dencansemo de una vez en la Providensia.

Mercedes: ¡Ay, Frutos, qué corazón tienes!

Frutos: Déjate de corazón ni corasón. Tú y yo, semos dos desgrasiaos a quien la suerte mardita trae y lleva como una pelota de forbá. *(Medio abrazándola)* ¡Consuélate, Mersede, consuélate, que a ese jabonero le voy haser toma la vara reglamentaria!

Escena XIII
Dichos y Catalina; luego Máximo

Catalina: *(Saliendo)* ¡Y yo a medite les costilles!

Frutos: ¿Eh? ¡Rechufa, Catalina!

Mercedes: ¡Catalina!

Frutos: Pero, ¿qué hase tú ahí?

Catalina: ¿Que qué hago aquí? Oyendo lo que nunca pensé. Convenceme de lo ciega que estaba. Ahora no podréis negar lo que vi con mis propios ojos.

Frutos: Pero, ¿qué dise? ¿Te has vuerto loca?

Catalina: Todavía no, pero non tardaré.

Mercedes: Pero, ¿qué dices, Catalina?

Catalina: ¡Calle usted, so liviana! ¿Tienes el atrevimientu de hablar después de lo que acabo de ver?

Mercedes: ¿Pero qué acabes de ver?

Catalina: ¡Que vos entendéis esti y tú!

Frutos: ¡Repanocha! Pero, ¿qué dises?

Mercedes: ¿Que qué? ¡Ay, qué calurnia! Si venía precisamente a todo lo contrario. Si me había dicho Frutos que Máximo y tú… ¡Ay, si Máximo se entera!

Máximo: *(Saliendo)* ¡Máxino ya está enterau!

Frutos: ¡Asúcar! ¡Er jabonero!

Mercedes: Máximo, ¿qué haces aquí?

Máximo: Ver la verdá con mis propios oídos y escuchar la mentira con mis ojos, ¡Digo, no! Escuchar la verdá con mis oídos y ver la mentira con mis ojos.

Frutos: ¡Pero, mardita sea un sepelín! ¿Qué hase aquí este tío cateto? ¡Catalina, Catalina… me estás resultando indina! ¿Quién la traído ar calabasín éste?

Catalina: No lu trajo nadie, vino él solu.

50

Frutos: ¿A verte a ti, verdá? Ahora sí que me convenso. Por argo me dijo Juanita que me llamaban en casa de don Migué, y en casa de don Migué no me habían llamao pa ná.

Mercedes: Pero, ¿esto qué ye?

Frutos: Ya lo ve. Una trampa pa haserme salí y dejá er campo libre ar sedutó.

Catalina: Pero, ¿qué estás diciendo ahí? Non vengas con mentires, que se te conocen en la cara. ¡Estoy enterada de tó! ¡Hasta de los bombones!

Frutos: ¡Y yo también, no te figures que me chupo er deo! ¡Er cateto ese, ya pue regalá durse a otra persona!

Máximo: ¿Qué ye aquello, qué ye aquello? ¿A quién regalé yo dulces?

Frutos: ¡A ésta, a ésta!

Máximo: ¿Y la caja que le mandó esti andaluz de pega?

Frutos: Mira; ¡si te doy una bofetá, te saco er serrín por er sombrero!

Máximo: ¿Una bofetá? ¿Ónde puedes, si no comes más que gazpachu?

Frutos: ¿Qué no? ¡Ahora verás!

Catalina: *(Poniéndose delante)* ¡Ay, por Dios, Frutos; escándalos aquí no!

Frutos: ¿Pero todavía lo defiende? ¿No te da vergüensa declará ese amor curpable?

Escena XIV
Dichos y Juanita, con Felipe

Juanita: *(Entrando con Felipe por el lateral izquierdo)* Pero, ¿qué pasa aquí? ¿Qué ye esto?

Felipe: ¡Pero, madre... pero, padre!

Máximo: ¡Espera, espera, no me llames padre todavía, por si acasu!

Frutos: ¡Er completo, ya no fartaba má que er niño!

Juanita: *(A Máximo)* ¿Qué ye esto? ¿Qué haz usté aquí? *(A Mercedes)* ¿Y usté?

Mercedes: Preguntailo a tu madre.

Juanita: Madre, ¿qué ye esto?

Catalina: Preguntailo a Frutos.

Frutos: ¿A mí? ¿A mí, que, según dise tu madre, estoy enterao sin estar enterao?

Máximo: ¿Enterau? ¡Enterrau debíes estar!

Frutos: Oye tú, so bípedo... y no te llamo cuádrupedo, por no ofende ar caballo. Sarte conmigo ahí fuera, que te voy a enseña a fabrica jabón con sosa y con grasia.

Máximo: ¿A quién, a mí, palmípedo? ¡Anda, anda, sal si te atreves, mal libreru, que te voy a desencuadernar! *(Se dirigen los dos a la puerta)*

Mercedes: ¡Máximo, Máximo! ¿Dónde váis?

Catalina: ¡Frutos, Frutos! ¿Dónde vas, Frutos?

Frutos: ¡Ar campo der honó!

Máximo: ¡Sí señores, a los campos del honor! ¡Vamos pa los campos! *(Mutis rápido de los dos)*

Mercedes: ¡Felipe, Felipe, vete tras de ellos que se van a matar!

Juanita: ¡Ay, Felipe, por Dios, vete a sepáralos!

Felipe: *(Haciendo mutis)* ¡Pero, maldita sea, quien habrá armao esti lío!

Mercedes: *(En la ventana)* ¡Máximo, Máximo, por Dios, dai la vuelta!

Catalina: ¡Ay, Dios mío, qué disgustu! ¡Si ya me lo decía mi madre!

Juanita: ¿Qué i decía mi güela, madre?

Catalina: ¡Divórciate, Catalina!

TELÓN RÁPIDO

Frutos

ACTO SEGUNDO

La misma decoración del acto anterior. Han transcurrido quince minutos. Al levantarse el telón están en escena Frutos y Juanita. El primero sentado en una silla y Juanita a su lado poniéndole paños. Sobre una silla, una jofaina con vendas, etc, etc...

Escena I
Juanita y Frutos.

Frutos: ¡Ay, ay!

Juanita: Aguante un poco y no chille tanto.

Frutos: Qué me hase daño, mujé.

Juanita: Pues aguante, que tengo que curalu.

Frutos: ¡Pero mardita sea! Si pica má que una guindilla.

Juanita: Ye árnica.

Frutos: ¿Árnica? ¡Yo me creí que era dinamita!

Juanita: A ver si queda escarmentau y no vuelve a presumir de valiente. ¡Vaya cara que i pusieron!

Frutos: ¿Y te cree que er otro no ha ido servío? Le endiñé una patá en er vasio que se lo he llenao. Luego una bofetá en un carrillo que ha sonao como un tiro; y pa remate un puñetaso en un ojo que, le he hecho vé a Saturno, Urano y Neptuno.

Juanita: ¿Y eso está bien? ¿Usted vio alguna vez cosa igual? Yo nunca lo vi.

Frutos: Ni er jabonero tampoco. ¡Le he dejao medio siego!

Juanita: Qué guapo, ¿eh? Dos hombres pegándose, un lío terrible, llamando la atención de tou el mundo. Y tó, ¿por qué? Vamos a ver, ¿por qué? ¡Por ná!

Frutos: ¿Por ná? ¡Mardita sea! ¿Por ná? ¿Te parese poco lo que ha hecho?

Juanita: ¿Qué hizo?

Frutos: Pos… Todavía ere tu mú mocita pa desirte el porqué.

Juanita: Ya pueden estar contentos con el lío que armaron. A ver si con esto queden escarmentaos y, aprenden a querer a les muyeres como ye debido.

Frutos: Ante siegue, qué tar vea.

Juanita: ¿Qué diz?

Frutos: Qué no seré yo marío de esa mujé, mientras esto no se arregle.

Juanita: No diga bobaes.

Frutos: No digo má que la verdá. Y soy un hombre que guipo mucho y, no quiero que la gente me ponga en vidensia.

Juanita: ¿Pero quién lu va a poner en evidencia? ¿Pero qué está diciendo ahí?

Frutos: *(Mientras habla Juanita, le está poniendo una venda en la cabeza que parece un baturro)* ¡Vorvé con esa mujé! ¡Primero me hago cura! Quiero er divorsio, er divorsio y er divorsio. ¿Vorvé con ella? Ante prefiero verme como dise la copla:

"Ante que gorvé a su lao,
quisiera verme enterrao
y en un sementerio nuevo
que esté secularisao."

Juanita: ¿Pero usted está llocu? ¿El divorcio? ¿Usted sabe lo que ye eso, tal como están ahora les coses? ¿Usted no sabe que el divorcio de hoy ye diferente al de antes? ¿Usted quier divorciase de mi madre pa casase con otra, verdá?

Frutos: Con otra o con ninguna; pero quiero er divorsio, er divorsio, y er diviorsio.

Escena II
Dichos y Catalina.

Catalina: ¿Quién habla de divorcio? ¡El divorcio quiérolu yo!

Frutos: ¡Tú! ¿Tú aquí? ¡Quítate de mi prezensia, adúrtera!

Catalina: ¿Adúltera yo? ¿Y tú qué yes? ¡Mal hombre, mal andaluz, infiel...! ¡Bígaru!

Frutos: ¿Qué má llamao?

Catalina: ¡Bígaru, bígaru!, que no te basta con una mujer y quier ser como los moros. ¡Sultán!

Frutos: ¡Mardita sea! ¿Surtán yo? ¡Catalina, Catalina, no me insurte, no me insurte!

Juanita: ¿Pero no pueden callar?

Frutos: ¿Pero no oye que má llamao surtán esa ordalisca de arquilé?

59

Catalina: ¡Riñón, más que riñón! No creas que te tengo miedu, que a mí no me asustes con voces. ¿Qué pienses, que voy estar toa la vida callá, como si estuviera presa? No, monín, no, ahora chillo yo.

Juanita: Pero, madre, ¿usté está lloca?

Catalina: No estoy lloca, estoy bien cuerda. ¡Quiero el divorcio , porque no puedo vivir con un hombre que, además de engañame con otres muyeres, pásase riñendo les 24 hores del día.

Frutos: ¡Pero por la Crú de Mayo! ¿Con quién té fartao yo?

Catalina: Mira, está esta neña delante y no quiero que te pongas pálidu, porque te pones muy feu.

Frutos: ¿Má que tú? ¡No pue ser!

Catalina: Ya i tardaben a les de tu tierra tener una cara tan rescamplá como la mía. ¡Famión! ¡El pan de Zarracina sabe muy bien, bobu! Si nunca comiste carne hasta que viniste a esta tierra.

Frutos: ¡Mardita sea un camión! Todavía tiene er sinismo de hablá. ¿No te cae la cara de vergüenza, depué de lo pasao?

Catalina: ¿A mí? ¿Por qué? ¿Qué hice yo?

Frutos: ¿Tú? ¿Lo digo?

Catalina: ¡Dilo!

Frutos: ¿Lo digo?

Catalina: ¡Dilo, dilo!

Frutos: No quieo manchá la inosensia de mi hija.

Catalina: Mira, mira; vete pa dentro, que van a creer los de la calle que yes de Calatorao con esi pañuelu.

Frutos: Esto é una venda. Una venda pa tapá la hería que he recibío defendiendo mi honra.

Catalina: ¿Defendiendo qué? ¡Como se conoz que yes andaluz! ¡Qué tramposu yes!

Juanita: Vaya, madre, ¿quier callar de una vez? ¿No ve que con esti escándalo va enterase todu el mundo?

Catalina: ¡Qué se enteren! ¡A mí que me importa! Qué se enteren, pa que sepan todos que en vez de marido andaluz, tengo un baturru.

Frutos: ¿Baturro yo? ¿Yo baturro? *(Arrancándose la venda y tirándola)* ¡Mardita sea! ¿Ar sevillano, má sevillano de tóa Sevilla, llamarle baturro? Mira, Catalina, arrea de aquí porque no ví a reparà en er sexo femenino y, va habé un parrisidio.

Catalina: ¡Eso seráslo tú!

Juanita: Ande, madre, marche.

Catalina: ¡No me da la gana!

Frutos: *(Cogiendo un libro)* ¿Que no?

Catalina: *(Retrocediendo)* ¡Ay, si te pones así, marcharé; pero no creas que te tengo miedu! Marcho porque tengo quá hacer; pero si no, de aquí no me eches tú. *(Iniciando)* ¡Bah, bah, con el famión! *(Mutis primero derecha)*

Frutos: ¡Si no se llega a marchá, le doy con ser disionario pa que aprenda hablá mejó!

Juanita: ¿Pero padre, no i dá verguenza? ¿Qué ye esto? ¿Qué pasó aquí? ¿Por qué están de esa manera?

Frutos: Mira, cállate ya. ¡Qué pasó ni que pasó! No ha pasao ná. No ha sío má que… ¡mardita sea er 15 de marso de 1912! No se me orvía la fecha. La voy a mandar a poné en la lápida de mi seportura pa llevarla conmigo al otro mundo.

Escena III
Juanita, Frutos y Felipe.

Felipe: *(Con la izquierda)* Buenes.
Frutos: ¿Eh?
Juanita: ¡Felipe!
Frutos: ¡Mardita sea! ¿Tú aquí otra vé? ¿Pa qué viene?
Felipe: A hablar con usted.
Frutos: Conmigo no tiene que hablá ná.
Felipe: No se ponga chulo, que a mí no me asusta.
Frutos: ¿Qué no?
Felipe: No.
Frutos: ¿Qué no?
Felipe: No. A mí no… me… a… sus… ta.
Frutos: Güeno está, hombre, güeno está. ¿Qué se te ofrese?
Felipe: Dos coses.
Frutos: Primera…
Felipe: Saber el porqué de esti escándalo.

Frutos: Segunda…

Felipe: Traer aquí a mi padre pa aclarar les coses.

Frutos: ¿Aquí a tu padre? ¿Aquí ar jabonero? Antes que consentí que ese hombre pise er suelo de esta casa, prendo fuego ar edificio y me lanso dentro, como er pueblo de Numansia.

Felipe: ¡Déjese de histories! Mi padre vendrá aquí, pa que entre todos arreglemos esti lío. Y si usted no quier dar ni recibir explicaciones, tendrá que vérseles conmigo.

Frutos: ¿Eso é una amenasa?

Felipe: No amenazo; no digo más que la verdá.

Frutos: Porque a mí no me amenasa nadie, ¿te enteras? Por er camino de la verdá y de la dignidá, tó va bueno; pero por er camino der soto, conmigo no vale.

Juanita: ¿No oye que no son amenaces?

Frutos: Muy bien. Me lo dise con rasones y con cordura, bueno va. ¡Qué venga ese tío! Pero me lo dise con arrogansia o con desplante, entonse ni entra tu pare, ni tu mare, ni todo tu árbol gernealórgico, ¿me entiendes?

Felipe: Sí señor, ni media palabra más. *(Acercándose al lateral izquierda)* Padre, venga pa acá.

Frutos: Pero, ten entendío, que lo hago porque tengo curtura y educasión que, a eso no me gana ningún asturiano, manque sea Don Pelayo.

Escena IV
Dichos y Máximo.

Máximo: *(Entra por la izquierda y trae un ojo a la funeraria)* Y coste que entro yo también porque tengo decencia i prencipios, que a mí no me gana ningún andaluz, aunque esté más altu que la Xiralda.

Frutos: Mú bien, me alegro que así sea.

Máximo: Y yo lo mismo; pero coste, que vengo aquí por la voluntá de esti rapaz, no por la mía.

Frutos: Y que yo consiento la entrá en esta casa, porque me lo han pedío con educasión, que é como debe hasé tó er mundo.

Máximo: ¿Cómo?

Frutos: ¡Con desensia!

Máximo: Ya lo había oído, gracies.

Felipe: Bueno, bueno, basta ya. Vamos a lo nuestro. Juanita, ¿quies dejanos solos?

Juanita: ¿Yo?

Felipe: Sí, tú. Vete ahí dentro con tu madre, pero no i digas que estamos aquí, y procura que no se entere.

Juanita: Bueno, como quieras, pero no vos entiendo a ninguno. *(Mutis primero derecha)*

Escena V
Frutos, Máximo y Felipe

Felipe: Ahora que estamos solos, quiero que me digan los dos, por qué llegaron a esi extremu.

Frutos: Yo no tengo que desí ná; que te lo diga ése.

Máximo: ¡Oiga, tengo nombre!

Felipe: ¿Ustedes creen que está bien esto, que se puede armar un escándalo así como así? ¿No se dieron cuenta que cada uno de ustedes tien una muyer por quien mirar y un hijo a quien educar?

Frutos: ¡Eh, eh, echa er freno! Yo no tengo ningún hijo.

Felipe: ¿Y Juanita?

Frutos: Eso é una hija.

Máximo: ¡Qué burru ye!

Felipe: ¿No se percataron de que pudo haber ocurrido un día de luto en esta casa? Si uno de ustedes hubiera tenido un arma i la hubiera disparao, ¿qué hubiera pasao?

Máximo: Qué saldríamos en periódicu.

Felipe: Pues que uno hubiera ido al cementeriu, y el otru a la cárcel. ¡Figúrense qué disgusto!

Máximo: ¡Pal muertu ninguno! No se iba a enterar.

Felipe: ¡Qué pena en esta casa i en mi casa! ¡No scría nada lo del ojo!

Máximo: ¿Qué no? ¡Tú no te fijaste bien! ¡Téngolu negru!

Frutos: ¿Y yo? ¿Yo no tengo ná? ¡Mardita sea un vapó! ¡Si má dao una patá en sarva sea la parte, que no me pueo sentá má que de perfil!

Felipe: Por lo tanto, quiero saber ahora mismo el motivu de esti escándalo. ¿Qué pasó aquí? ¿Por qué se desafiaron?

Frutos: Oye, niño, ¿tú ere er jué?

Felipe: No señor, no soy el juez; pero soy un testigu presencial de la reyerta; y no soy yo solu, que se enteró mucha gente. ¡Pues menudu escándalo! La gente arremoliná en esa ventana, les muyeres pegando gritos…

Máximo: Yo pegando piñes, esti pegando morraes, tu pegando voces… todos pegando; y la gente haciendo cola pa vemos.

Felipe: En resumides cuentes, que llamaron la atención sin tener necesidad.

Frutos: Te diré, te diré. Se llamaría la atensión, pero como han susedío cosas…

Felipe: ¿Qué coses?

Frutos: Pos… cosas. Qué te diga ése.

Máximo: Qué tengo nombre: Máximo Perea y Piedra.

Frutos: ¿Y Piedra? ¿No será ardoquín?

Máximo: Yo seré ardoquín, pero tú tienes cara de regodón.

Frutos: ¿Regodón yo? ¡Mársimo, Mársimo, no me tires de la lengua que va habé otro tumurto.

Máximo: Otro tumurto, otro tumurto. ¡Habla claro, babayu, habla claro!

Frutos: Te estoy hablando con er corazón en la mano.

Máximo: Eso no ye corazón: ye corada.

Felipe: ¿Pero quieren callar?

Máximo: ¡Callau; pero que calle él también!

Frutos: Yo soy una tumba. *(Máximo quiere hablar)*

Felipe: ¡Calle, hombre, calle de una vez!

Máximo: ¿Yo? Pero si no digo ná.

Frutos: ¡Mardita sea, dise que no dise ná y habla más que Pérez Madrigal!

Felipe: Así no nos vamos a entender. Vamos a ver: ¿Qué tien que decir usté contra mi padre?

Frutos: ¿Qué tengo que desí? ¡Qué ha mansillao mi honra!

Máximo: ¿Qué masillé qué?…

Frutos: ¡Er Santo Sacramento der Matrimonio!

Felipe: ¿Pero cómo, cuándo, con quién, dónde?

Frutos: ¿Con quién? ¡Con mi mujé! ¿Cuándo? Hase media hora. ¿Dónde? En esa habitasión.

Máximo: ¡Ah! ¿Esi ye el mansiu? Pues tú también estabes masillando. ¿Con quién, cómo, dónde? ¡En esta habitación! ¿Con quién? ¡Con la mi muyer! ¿Cómo? ¡Abrazándola!

Frutos: ¡Mentira, mentira y mentira! No he abrasao a naide. Solamente la hise en er braso un pequeño toque pa que se consolase. Acababa de sabé que su marío la engañaba con otra mujé: ¡con la mía!

Máximo: ¿Con la tuya? ¡Anda, anda, cuéntame uno de ladrones, que esi no val ná!

Felipe: ¿Pero quién inventó toos estos líos? ¿Quién dijo eso?

Frutos: Una persona que tiene crédito y seria pa desilo. Er que me lo ha dicho no miente nunca.

Felipe: ¿Quién fue?

Frutos: Don Wenceslao. Don Wenceslao me dijo que mi mujé me engañaba con ése.

Máximo: Eso también me lo dijo a mí, pero al revés: Que Mercedes tenía relaciones contigo. ¡Ah!, y también i lo dijo a la tu muyer.

Felipe: A ver, a ver, ¿cómo ye eso? ¿Qué usted tenía relaciones con mi madre?

Máximo: Sí señor.

Felipe: ¿Y que usted se entendía con la madre de Juanita?

Frutos: ¡Cabá!

Felipe: ¡Uy, uy, uy, qué lío! ¡Esto güeleme mal! ¿No será tó un trucu?

Máximo: ¿Un trucu? ¡Una traca! ¡Menudu ruidu!

Frutos: Me dijo que éste se pasa er día en esa calle, y que antiyé compró en una confitería una caja de durses pa orsequiá a Catalina.

Máximo: ¿Quién, yo? ¿Qué paso el día en esa calle? ¡Mire, Frutos, cúrate, que estás muy malu!

Frutos: ¿No ye verdá?

Máximo: Pero, ¡cómo va a ser verdá! ¡Como voy a estar tou el día en esa calle, si estoy en la fábrica! ¿Tú crees que el jabón que se haz solu? ¡Qué más quisiera yo! ¡Menos trabayu! ¿Que regalo cajes de dulces…? ¡Home, no digas bobaes! ¡Crees que soy tobilleru, pa andar tras

68

de eses chifladures? ¡Así tengo yo les perres! ¿Dulces? ¡Pólvora! Eso de los dulces fuiste tú.

Frutos: ¿Yo?

Máximo: Sí señor, tú. Una caja mandasteila a la mi muyer, que me lo dijo don Wences.

Frutos: ¡Mardita sea! ¿Yo, durses?

Felipe: ¡Bah, bah, bah, ya lo entiendo!

Frutos: ¿Er qué?

Felipe: Eso ye cosa del cuervu.

Máximo: ¿Qué cuervu?

Felipe: De don Wences, que quiso metelos en un lío y armó tou esti fregao de cajes y de dulces. ¿No ye así?

Máximo: No te entiendo.

Felipe: Según voy entendiendo, tanto usted como usted, son inocentes del tó.

Frutos: ¿Inocentes?

Felipe: Sí señor. Y mi madre y la su muyer también son inocentes.

Máximo: ¿Entonces quien ye el culpable?

Felipe: Don Wences, don Wences, que armó tou esti lío pa poder sacar algo. No ven que ye un fulanu que siempre anda metíu en líos. ¿No se acuerda lo que i pasó a Roque el queseru?

Máximo: Ye verdá. Metiólu en un lío diciendoi que era fíu de esi americanu que inventó los autos.

Frutos: ¿De quién?

Máximo: De Roque Ford. Marchó pa allá y metieronlu en un manicomio.

Felipe: ¿Entienden ahora la intención de don Wences?

Frutos: Er que lo va a entendé é er propio interesao, porque le ví a dá una patá que va a salir hablando alemán, chino, y japoné.

Máximo: ¡Ay, mi madre, voy a facer picadillo de cuervu! ¿Ónde vive?

Felipe: ¿Pá que lo quier saber?

Máximo: Pa dai un recao con esta bota.

Felipe: ¡Eh, eh, nada de eso; nada de eso! Háganme casu a mí, que soy más listu que ustedes.

Máximo: Gracies, fíu.

Felipe: De nada, padre. ¿Puedo llamalu padre?

Máximo: Hasta el día del juicio, por la tarde.

Felipe: ¿Y por la mañana no?

Máximo: *(Con guasa)* Por la mañana estoy en la fábrica.

Felipe: Bueno, ahora en serio, atiéndame: ¿Qué adelanten con dai una paliza? Nada. ¿No será mejor que i sigamos la corriente, como si no supiéramos nada?

Frutos: Me parese bien. Ese tío é un sorro, y ar sorro se le casa con cautela y mala intensión.

Máximo: Muy bien, muy bien. ¡A cazar al zorru!

Felipe: Pues ya lo saben: toos a seguii la corriente.

Máximo: Y cuando esté más tranquilu, tirámoslu al agua.

Felipe: Muy bien, vamos hacer tó eso, pero con una condición.

Frutos: ¿Cuá?

Felipe: Qué no tienen que enterase de ná de esto les muyeres.

Máximo: ¿Y Juanita tampoco?

Felipe: Juanita sí, pa que nos ayude; pero ni a mi madre ni a la su muyer, nada. Ahora, vengan conmigo.

Máximo: ¿Ónde nos lleves?

Felipe: Al bar de la esquina. No convien que nos vean juntos a los tres. Vamos allí, trazamos el plan, y además no perdemos de vista la puerta de esta casa, por si se presenta esi bichu.

Frutos: ¡Qué siegue si te entiendo, niño!

Felipe: Ya me entenderá. Vamos. *(Mutis por la izquierda)*

Máximo: Pasa libreru, y perdona lo de les piñes, pero ya ves que yo no te les dí.

Frutos: ¿No? ¿Quién ha sío?

Máximo: ¡Don Wences!

Frutos: ¿Sí? ¡Pues vaya ojo que tá puesto don Wense, hijo! *(Mutis los dos, izquierda)*

Escena VI
Juanita; despúes Catalina.

Juanita: ¡Chits, chits; padre, padre! ¡No está! ¿Dónde habrá ido? ¡Tampoco está Felipe! ¡Coses más rares nunca les vi! ¡Paez que están toos llocos! *(Llamando al lateral derecha)* ¡Madre, madre!

Catalina: ¿Qué quies?

Juanita: Ande, salga; que no está mi padre.

Catalina: *(Saliendo)* ¿Marchó esa matraca?

Juanita: Sí, venga, ande, no tenga miedu.

Catalina: ¿Miedu yo? ¿Miedu a quién? ¿A esi melón con pates? Además, pa lo que voy a estar con él…

Juanita: No diga bobaes.

Catalina: No digo más que la verdá. ¡Quiero divorciame, pero enseguida! Estaría guapo que siguiera así con esi hombre que, cuando habla, paez que quier comer a uno.

Juanita: La culpa tienla usté. ¿Pa que se pon así?

Catalina: ¿Entonces qué quies, que lu convide a chochos, después de lo que me hizo? Pero esto va arreglase enseguida, porque ahora mismo voy a casa de don Wences pa que me diga lo que tengo qué hacer pa divorciame.

Juanita: ¡Bueno, bueno, no haga bobaes, quédese aquí!

Catalina: ¿Qué me quede aquí? ¡Pa que me vuelva a tirar otru libru!

Juanita: No i tiró ná.

Catalina: ¿No? No te fijaste bien. ¡Por poco me mata! Voy ahora mismo a ver a esi señor, y veremos si, después de divorciame, vuelve a hacer eso.

Juanita: ¡Pero madre!…

Catalina: Déjame en paz, anda, déjame en paz. *(Transición)* Aprende, neñina, aprende; ya ves lo que ye esti mundo. Si das con un hombre como tu padre, ya te acordarás de tu madre. Adiós, fía. *(Mutis por la izquierda)*

Juanita: Pero oiga, pero atienda. Bueno, en esta casa están toos llocos. Mi madre por un lao. Mi

72

padre por otru. Luego dirá que abandonamos el negociu, ¿Pero ónde estará mi padre?

Escena VII
Juanita y Frutos.

Frutos: *(Por la izquierda)* Oye tú, Juanita.
Juanita: Pero, ¿por ónde anda?
Frutos: Hasiendo indagasiones polisíacas. Sá marchao tu mare, ¿no?
Juanita: Sí, ahora mismo. ¿Cómo lo sabe?
Frutos: Porque lo he observao dende er bar de enfrente. Ascucha, Juanita. Tú sabe que, hase poco, ha habío una hocatombre mu grande, ¿no?
Juanita: ¡Sí, y bien grande!
Frutos: Bueno, pué no ha sío ná. Er curpable de tó eso, no é sío yo, ni tu mare, ni Mersede, ni Mársimo. Er curpable ha sío un sinvergonzón mal encarao, feo, y con una malisia má grande que una curpetlista barata.
Juanita: ¿Quién?
Frutos: ¿Quién? Mira ahí, en er bá están Felipe y Mársimo; vete allá y que to lo cuente tó tu novio.
Juanita: ¿Qué me cuente qué?…
Frutos: Tú, vete, y no pregunte má. Ma dicho Felipe: "Qué venga Juanita, que la necesito." ¡Hala, sarte enseguida!
Juanita: ¡Pero, padre!…

Frutos: Pero, niña, ¿no oye que te lo mandan? Hay que obedesé ar superior. ¡Arrea pa lante!

Juanita: ¡Está bien, pero sigo sin entender ni una palabra! *(Mutis izquierda)*

Escena VIII
Frutos; después don Wenceslao

Frutos: Ahora a prepará er terreno. Sacaré la metrallaora. *(Saca de la mesa una pistola)* Como me sarga bien lo que má dicho Felipe, le pongo un sirio a Santa Catalina de Siena.

Wenceslao: *(En la ventana)* Amigo Frutos.

Frutos: ¡Mi agüela, er cuervo! Viene que ni pintao. Pase usté, don Wense, pase usté.

Wenceslao: Allá voy, allá voy. *(Mutis)*

Frutos: Vamos a lidiá un marrajo. ¡Le ví a dar un volapié en tó lo arto!

Wenceslao: *(Entra por la izquierda)* Amigo Frutos, ¿está usted solo?

Frutos: Sí señó, sólo con mi tristesa.

Wenceslao: ¡Hombre! ¿Y eso?

Frutos: ¡Ay, don Wense, que vida má arrastrada é la del pobre librero!

Wenceslao: Pues, ¿qué le sucede?

Frutos: ¡Er caos, er fin der mundo, la apolalipsis, la fetén, la caraba, la panocha, la solsirrefá!

Wenceslao: ¿Sí?

Frutos: Do, digo sí.

Wenceslao: No le entiendo. ¿Qué le sucede?

74

Frutos: Que, ¿qué me susede? ¡Ay, don Wense, soy er sé má desgrasio der grovo terráqueo! Una pasión vorcánica ha prendió en er corasón de mi mujé. Un fuego de pasión ha brotao en er mío por otra gachí.

Wenceslao: ¿Qué me dice usted?

Frutos: ¡Argo tremendo, argo demoníaco! Dende que usté má dicho eso de Catalina y Mársimo, siento en mi pecho un imán que me trae hasia Mersedes. Esa mujé será mi perdisión; ese imán me atrae con la fuersa de un 40 H. P.

Wenceslao: ¡Pero, hombre, eso ha sido un escopetazo!

Frutos: Sí señó, un tiro. (Un tiro te daba yo por ladrón.)

Wenceslao: ¡Me deja usted estupefacto!

Frutos: Frígido me he quedao yo cuando me dao cuenta de ese cariño curpable. ¡Pero no será, no, no, no! Ante de declará esa pasión, me quito der mundo. Me doy un tiro en la cabeza, y me sarto la masa enserfálica. *(Saca la pistola)* ¡Aquí, en lo arto del coco!

Wenceslao: ¡Eh, eh, guarde eso, no gaste bromas!

Frutos: No, don Wense, no. No é una broma, é una tragedia, é un drama, un melodrama. Arrepare usté. Tiene sinco bala. Una pa mí, otra pa ella, y tré pa tó er que se oponga a mi intesión.

Wenceslao: ¡Po… po… por Dios, amigo Frutos, no diga usted tonterías!

Frutos: No pueo aguantá que me arrolle esa pasión como pue arrollar un automóvi.

Wenceslao: ¡Po… po… podía usted apuntar para otro lado, caramba!

Frutos: Ar que se oponga ar mi designio, le sarto la tapa der melón.

Wenceslao: ¡Pero… ca… ca… caramba, reflexione usted! Bueno, amigo Frutos, yo me voy…

Frutos: ¡No!… no se vaya usté. Tiene que sé testigo de la tragedia.

Wenceslao: ¿Yo?

Frutos: Sí, don Wense, sí. Esa mujé será la perdisión de toa mi generasión. Catalina me engaña con Mársimo, según usté má dicho.

Wenceslao: ¿Yo? No, mire usted…

Frutos: ¡Según usté má dicho, y no me lleve la contraria porque me saca de quisio!

Wenceslao: ¡Bueno, hombre, bueno! (¡Qué bruto!)

Frutos: Y como yo quiero a Mersedes; ante de viví con er corasón atormentao, me quito der medio, porque oigo una voz que me llama, me llama….

Escena IX
Dichos y Mercedes

Mercedes: *(Dentro)* ¡Frutos, Frutos!

Frutos: ¡Arrea! ¿Quién?

Mercedes: *(Saliendo)* ¡Yo, Frutos, yo!

Frutos: ¡Ella, la pasión!

Mercedes: ¡Por la Virgen Santa, Frutos, don Wences, sálvenme!

Wenceslao: ¿Qué… qué… pasa?

Mercedes: ¡Máximo, que vien detrás de mí con un révolver!

Wenceslao: ¿Eh? ¡Mi madre!

Frutos: ¿Mársimo? ¿Er sé que má odio en er mundo? ¡Ah! ¡Oh! Ahora sí que tó ha terminado. Ante que verme ante ese hombre, prefiero verme ante Sataná. *(Se dirige a segundo derecha)*

Mercedes: Frutos, ¿dónde vas?

Frutos: ¡A quitarme der mundo pa no ve la mardá! Y aunque me cueste la vida, aunque me cueste un doló, ar mundo nada le importa, voy a otro mundo mejó. *(Mutis trágico)*

Escena X
Mercedes, Wenceslao; luego Máximo.

Mercedes: ¡Ay, don Wences! ¿Dónde va?

Wenceslao: ¡Cua… cua… cualquiera lo sabe! ¿No ves que lleva una pis… pis… pistola en la mano?

Mercedes: ¿Querrá matase?

Wenceslao: ¡Ca… ca… casi seguro! *(Suena un tiro)*

Mercedes: ¡Ay, don Wences! ¿Qué fue eso?

Wenceslao: ¡Un titi… un titi… un tiro que se ha pegado Frutos!

Mercedes: Frutos, ¿un tiru? ¡Ay! *(Se desmaya en brazos de Wenceslao)*

Wenceslao: ¡Re… re… rediez! ¡Pues ya no faltaba más que esto! En buena me… e… me, me he metido. Señora, señora, vuelva, vuelva. Si viniera alguno… ¡Auxilio, socorro!

Escena XI

Dichos y Máximo.

Máximo: *(Por la izquierda)* ¿Quién pide auxilio? ¡Mi madre! ¿Qué haz usté ahí con la mi muyer a cuestes?

Wenceslao: ¡Por Dios, Máximo, ayú… ayúdeme usted!

Máximo: ¿Pero qué ye esto? ¿Dónde está Frutos?

Wenceslao: ¿Frutos? ¡Ahí dentro muerto!

Máximo: ¿Eh? ¿Muertu? ¿Quién lu mató?

Wenceslao: Yo… yo… yo…

Máximo: ¿Usté?

Wenceslao: Yo no… no he sido.

Máximo: ¿Con que no, eh, miserable? ¿Con que también criminal?

Wenceslao: ¡Pero, amigo Máximo!…

Máximo: ¡Pero, porra! ¡Yo no soy amigo de usté!

Wenceslao: Pero es cucu… cucu…

Máximo: ¡El cucu serálu usté! ¡Suelte esa muyer, que no ye la suya!

Wenceslao: No señor, soy soltero.

Máximo: ¡Enhorabuena, pero suéltela!

Wenceslao: ¿Dónde?

Máximo: Ahí en esa silla, en el suelu; dónde quiera, pero suétela.

Wenceslao: *(Depositando a Mercedes en silla)* Ya está.

Máximo: Ahora venga conmigo.

Wenceslao: ¿Dónde... dónde?

Máximo: A ver el cadáver de Frutos.

Wenceslao: ¡No, por Dios, eso no!

Máximo: ¿No? *(Saca la pistola)* ¡Eche pa lantre, so cuervu, y rece algo, si sabe, sino aprendalo! ¡Como haya sio el asesino, dese por muertu!

Wenceslao: ¡Pero Máximo... escucha, Máximito!

Máximo: ¡No hay Máximito que valga! ¡A mí no me da usté jabón! ¡Hala pa lantre, so cuervu! *(Iniciando)* ¡Si me ve Rambal, contrátame!

Escena XII
Mercedes y Frutos.

Frutos: *(Por el segundo derecha)* Si hoy no se muere er tío ese, no se muere nunca. *(Reparando en Mercedes)* ¡Pero mardita sea, si será bruto Mársimo, mira que dejá a Mersedes privá der conocimiento! ¡Mersedes, Mersedes! ¡Ascucha, mujé, que tó ha sio una broma. ¡Merse, Merse, mírame, Merse, mírame! *(Mercedes vuelve en sí y al ver a Frutos da un grito)*

Mercedes: ¡ Ay, el muertu!

Frutos: ¡Qué muerto ni qué narices!

Mercedes: ¡Huye, visión, huye!

Frutos: ¡Pero que visión ni que gaita! ¡Oyéme!

Mercedes: No, no. ¡Déjame, déjame!

Frutos: ¡Pero atiende, mujé!

Mercedes: ¡Aparta, piedra fingida!

Frutos: Pero ven acá, mujé, ven acá. *(Sale Catalina)*

Escena XIII

Dichos y Catalina.

Catalina: *(Por el lateral izquierda)* ¡Eh! ¿Qué ye aquéllo? ¡Ay, madre del alma, ahora sí que ye verdá!

Frutos: ¡Arrea, Catalina!

Catalina: ¡Malos demonios me coman, si ahora no te mato! ¡Y persiguiéndola y todo!

Mercedes: ¡Ay, Catalina!

Frutos: ¡Pero escucha, Catalina!

Catalina: Catalina, ¿eh? *(Tirándole cuantos libros hay sobre la mesa)* ¡Toma, mal libreru, canallla, sinvergüenza... toma, toma!

Frutos: ¿Pero te has vuerto loca? ¡Catalina, Catalina, deja quieta la ofisina!

Catalina: ¡Toma, famión, adúlteru, bígaru, toma, toma!

Escena XIV

Dichos, Juanita y Felipe, que salen.

Juanita: ¡Ay, virgen, que lío! ¡Madre, madre; estése quieta!

Mercedes: ¡Felipe, Felipe, sálvame, sálvame!

Felipe: ¡Calle, madre, calle, no chille tanto! Y usted estése quieta, que tó fue una broma.

80

Catalina: ¿Una broma, una broma tó esto?

Frutos: Claro, mujé, claro.

Juanita: Sí, madre, sí. Una broma que i quisieron dar a don Wences.

Mercedes: ¿A don Wences?

Catalina: A don Wences, ¿pa qué?

Felipe: Ahora lo verán. Padre, salga pa acá.

Escena XV
Dichos, Máximo y don Wenceslao.

Máximo: ¡Anda pa lantre, escurpión!

Wenceslao: ¡Pero, amigo Maximo!

Mercedes: ¿Qué ye aquello? ¿De ónde vienes, Máximo?

Máximo: De casa.

Frutos: Sí señor, de casá ar sorro.

Wenceslao: ¡Caray, el suicida!

Frutos: Sí señor, er suicida. ¿Con que er divorsio, eh? ¿Con que una caja de durses? ¡Mardita sea, si no mirara…!

Wenceslao: ¡Por Dios, Frutos! ¿Qué va usted a hacer?

Frutos: ¡Quitá un borrón der mundo!

Wenceslao: ¿Sería usted capaz?

Máximo: ¿Capaz? Frutos, ¡bórralu!

Felipe: ¡Eh, eh, nada de eso!

Máximo: ¡O borreslu tú, o bórrolu yo!

Juanita: Ninguno de los dos.

81

Catalina: ¿Pero esto qué ye? *(A Mercedes)* ¿Tú entiendes algo?

Mercedes: ¿Yo? ¡Desde haz dos hores no salgo del sustu!

Wenceslao: Señores, señores, que están ustedes confundidos. No entiendo esa actitud, ni ese modo de hablarme. ¡Me parece que no he dado motivos para que se me trate de esa manera!

Máximo: ¡Probe, mira lo que diz! Si tien razón. No dio motivu. Tú, ¿cómo yes tan burru, Frutos? Venga, don Wences, venga, que esti ye un animal. Yo no soy así... ¡yo soy peor! ¡Hala pa la calle, so cuervu! *(Don Wenceslao sale como alma que lleva el diablo)*

Escena Última
Todos, menos don Wenceslao.

Frutos: ¡Hombre, que farto yo!

Máximo: ¡Ya i di yo por los dos!

Catalina: ¿Pero queréis decime qué ye esto?

Mercedes: ¿Por qué echáis de esa manera al probe don Wences?

Juanita: Porque ye el culpable de tó esto.

Catalina: ¡No vos entiendo ni una palabra!

Felipe: Pues ye muy fácil, señora. No creo que tenga mucho que explicar. Don Wences tenía interés que ustedes se divorciasen pa poder ganase unes pesetes mediante el arreglu de esos divorcios, y pa ello no hizo más que metelos en

82

un lío, diciendoi a usted que su marido la engañaba con mi madre, y a mi madre que mi padre la engañaba con usted.

Frutos: ¡Totá, un laberinto!

Catalina: Por eso me dijo, cuando me lo dijo, que no i dijera a nadie quien me lo dijo. ¿De mó que tó era un lío de esi mal hombre? Y decía que esti era un bígaru. ¡Pues él ye un centollu!

Mercedes: ¡Ay, gracies a Dios que me enteré! ¡Merecióme la pena desmayame!

Máximo: También te lo digo yo. Enseguida pierdes el sentíu… el sentíu común.

Catalina: ¿Y quién descubrió esti lío?

Juanita: ¡Nosotros, madre, nosotros!

Felipe: Sí, nosotros fuimos.

Máximo: Pa que veas que tengo un fíu listu. Y la tuya también ye lista. ¡Apúntala!

Mercedes: ¿Sí? Pues estos rapazos merecen un premiu.

Catalina: Sí señor, merencelu de verdá.

Frutos: Mú bien, que cojan de ahí lo que quieran. *(A Felipe)* Tú, ¿qué quieres?

Felipe: El mejor libru de esta casa: a ésta.

Máximo: Eso ye un diccionariu, tó lo sabe.

Frutos: *(A Juanita)* ¿Y tú?

Juanita: ¿Yo? Esti periódicu.

Máximo: Está bien informau.

Juanita: Y además queremos otra cosa.

Catalina: ¿Qué?

Juanita: Que ustedes cuatro vuelvan a estar como antes, y a querese como siempre.

Frutos: ¿A querer como siempre? ¿Quién, yo? ¿Yo?

Catalina: Tú, Frutos, tú. Aunque tienes mal geniu, yes un infeliz.

Frutos: ¿Yo? ¿Yo, un infeliz? ¡Mardita sea!…

Catalina: ¡Mardita sea un vapó! ¿No ye así?

Frutos: ¡Así será, si tu quiere, Catalina!

Máximo: Ven pa acá, jabonera, que quiero lávame.

Mercedes: ¿Quies lavate?

Máximo: Sí, la mancha que nos echó el cuervu.

Mercedes: Lo que tú quieras, Maximo, lo que tú quieras.

Catalina: Máximo, Mercedes, Frutos, rapazos, estes reconciliaciones tenemos que festejales.

Frutos: Me parese bien.

Máximo: ¡Yo, encantau!

Mercedes: ¡Ay, sí, sí!

Juana y Felipe: ¡Muy bien, muy bien!

Catalina: Bueno, pues el domingo vamos a merendar todos a Somió.

Todos: *(Menos Máximo)* ¡Muy bien, muy bien!

Máximo: ¡Chitsss…! ¡A Somió? ¡No puede ser!

Catalina: ¿No puede ser? ¿Por qué?

Máximo: ¿Por qué? ¡Si supieses Catalina los caminos cómo están!…

TELÓN Y FIN DEL DISPARATE

MÀXIMO

DEL VALLE.

GUARDARROPÍA

Estantería para colocar libros y folletos. Una cómoda
y, sobre ella, floreros, retratos, etc... Una mesa
escritorio en bastante mal uso. Varias sillas de rejilla;
un sillón de baqueta. Una palangana o jofaina y, con
ella, vendas, trapos blancos. Una caja de las de
pastillas de jabón. Dos revólveres Smith, plateados.
Libros en abundancia, entre los cuales no debe faltar
un diccionario bastante grueso. Papel, pluma y
carpeta. Mesa corriente, sobre ella libros y folletos.
Varios periódicos: *ABC*, *Estampa*, *Heraldo*, *La
Libertad*, *La Voz*, *La Tierra*, *El Buen Humor*,
etc...Varios libros para tirar al suelo. Una cortina,
para tapar el hueco segundo derecha, que no sea
encarnada. Ruidos: Un tiro de revólver.

*Este libreto está depositado
en el Museo del Pueblo de Asturias,
y pertenece al fondo de
José Manuel Rodríguez 'El Playu'*

www.ingramcontent.com/pod-product-compliance
Lightning Source LLC
Chambersburg PA
CBHW070532130626

46555CB00003B/1375